JN138890

高橋睦郎句集

十年

角川書店

句集　十年

装幀　吉野史門

壹

摺足に白進み來る初山河

新玉の初足拍子强からん

雪は白し黒し色無し降り頻る

途中の目見てゐる雪の途中かな

吸ふよりも吐く大切や息眞白

面妖な春立つてをり表口

實朝忌雀辮《かすも》のごとく晝の雪

跳ね跳ねて水色淡き春の雹

薄氷の田に近く置く海鼠桶

はりはりと氷融けゆく世界かな

山微《み》笑《せう》そのさざなみや空渡る

泡立つ血許さねば闇を鳥帰る

絲をもて吊らるるごとし人も花も

咲き満つは散りはじむなり山櫻

鬱鬱と八重のさくらや日の光

おぼろ夜の底に水あり朧鯉

古鯉のおぼろおぼろと五百歳

瞑れば囀の木となる我か

木となりし我を出で入る百千鳥

春愁の人しやがみ野は曲るなり

科學博物館　大恐龍展

その頃の鱗木若葉思ふべし

萬緑の吶喊に玻璃震へづめ

蝶群れて舞ひ凝るる栗の花盛り

舞ひ凝るる蝶の無言や百二百

好色や葉裏ひしひし青卵

螢火の中をありくは泳ぐごと

たなそこに憂しや螢火屑屑に
蚊柱もみどりけぶれり宿酔《ふつかゑひ》
懐しきもの蚊の聲と垂乳根と

餘り乳《ち》の鋺《まり》にひびくや明易き

卜《うらと》ふ木朴こそ咲けれ途の上

悼　片柳治

梅雨しぶく黄泉比良坂いづくにも

梅雨濛濛蓋合はぬ筥幾十ぞ

茫茫とまはりしぶけりついり穴

ついり穴この國の死に病ひ見よ

祇園會

山鉾を濡らし雲行く低さかな

四方《よも》奔るあれ梅雨逐《やら》ふ雷電《かみはたた》

潮滾ち翡翠となんぬ海開き

夏潮に葭簀巻きけり右左

簾《みす》ごもる深眼差やもの食める

眞白な雲産む木あり澤胡桃

八月や晝眞黑なる山かたち

底紅や朝みづうみの疲れ波

廢れ舟舐めて秋立つ水の舌

少年等易く殺しぬ草茂る

過ぎし者みな逆光や草猛る

あけぼのや蟬ぞ吟《のどよ》ふ雲の裏

蜩の錐揉む嘆き暮るるなり

七夕　二句

逃ぐる追ふ小露大露遂に寄る

今朝ばかり露のうつはの硯かな

古今集撰上後一一一一年を超ゆ

三木《ク》は枯れ三鳥《ウ》は飛び去んぬ

貳

あらたまの魑魅《こだますだま》や分入れば

淑氣青いつか金《こん》色《じき》つひに黑

初寢《*》や綿打ちかへし打ちなほし

初寢に眞紅を見たり妣ならん

道行旅路の嫁入

初語りシシキガンカウ聲張つて

氷《ひ》を結ぶ響ききしきし夜の何處も

雪折れや嘆きかならず聲深き

白川宗道剥離性動脈瘤　急逝

冬の瘤はじけ放光四方芽吹く

搦みあふ眠り解きつつくちなはは

眠りの蜷局《とぐろ》幾ほどけつつ土霞む

啓蟄のけふ持上がれ墓の蓋

三月の土這ひいづるみな異形

草の芽の出づや鬱鬱うつうつと

草芽木芽けぶり芳し野山行く

はくれんのはぐれはぐるる葩か

はくれんのはぐれんのちの縹空

悼　安達瞳子

樱咲く待たずほとりと椿落つ

夜櫻といふあやかしをみな仰ぐ

悼　友定榮子夫人

花冷の思ひ殊更濃かりけり

花太郎保坂桂一　納骨

汝が眠り鎮めん花か散りつづく

友枝昭世　湯谷

揚幕に入りにしは何《な》ぞ花吹雪
花篝ぢりぢりと落花はらはらと
花篝落花呑んではこゑあぐる

花めでて年寄ることを今年また

舊三月二十日

杜國忌の雨櫻橤打ちやまず

青夕鬱《うつ》金《こん》香《かう》の金ほろぶ

お富士さん植木市

浅草や今朝夏富士の遠裾野

さみどりを吐きやまずけり深緑

高田喜佐　散骨

かのゐまひ呑み沸き返れ青葉潮

彦根城　直弼部屋住の處

埋木の梅雨入いかにぞ十五たび

みづうみの港暮れゆく走り梅雨

歸　鄉

門司といへば潮といへば黴雨頃

梅雨潮の芥含みや波止越ゆる

長門國二宮

青梅雨のながあめごもり忌宮《いみのみや》

神功皇后懷胎征旅傳說

共に祀れおん岩田帶おほん徽

唐津七山　吉森康隆さん

川溯《のぼ》る腿長靴やほととぎす

蜂飼の寡默なる肩森に入る

木洩日か非ず蜜蜂帰りつぐ

背振山千年桂

高仰ぐ青葉ごもりや日の有り處

三《み》方《かた》の湖《うみ》菱葉ひしひし雲の峯

三國　高見順荒磯忌

梅雨鴉鳴きか增えゆく忌を修す

達治・アイ同居森田別荘址

男《を》梅雨女《め》梅雨いづれ荒ぶる藪草生

京都千年梅雨千年をふりにふる

鉾繁吹き祇園ことしも荒れ給ふ

祇園會や果てて聲ある加茂の水

桂川

濁り川くだつや逆ふ狂ひ鯉

濁り川鮎躍りては雲に入る

形代のわれ流れゆく見送りぬ

蠅の巨きな貌が目のまへ晝寢覺

ふたたび門司

夏潮の秋を隣と落つるなり

参

山祇《ミ》の瞋恚《しんに》やもみちもみづめり

ふりかぶる何《ヅ》處も紅葉めらめらと

紅葉山出で來る貎のみな眞顔

木枯の悲憤や空を行き戻り

木枯の灣《ダ》に叫ぶや帆を盡す

夜の落葉駈り渡るや谷戸の空

鎌倉の晴つづきけり七五三

日おもての日裏の時雨比べかな

夕浪に日當り昃りしぐれけり

死ぬ迄を遊べと更けて時雨かな

枯草にひねもす雨や暮れて猶

枯木影踏むべく土のやはらかに

縁側あり縁の下あり闇ぬくと

ひんやりと蜘蛛の巣額《カ》に縁の下

縁下につづく他界の春の草

血の肉の腐りやすさよ憂國忌

三島忌や腐りやすきは國も亦

古美術宮下　新装開店

賣り買ひにものの光や事始

わが生の短日残るしまらくぞ

稿進まず

白見つめ一ト日暮れけり日短か

世情

子を殺すうなじ白くて寒からん

悼　岸田今日子

美しき劇中断し年果てず

年詰まる虚のきしきしと宙《ラ》の涯《テ》

悼　永山武臣　二句

年の夜の歌舞伎座燈る船の如

年の夜の戯《こ》場《や》燈れるは誰送る

驛頭の年越蕎麥の五六人

年越の刻み葱なり盛り零れ

觀世文庫

中將や增や覺めゐん年の闇

うたたねの二《タ》耳慧く年守る

二十四時年轟いて移るなり

二《に》十《じふ》四《し》を零《ぜろ》とし年の移るなり

佛界易入魔界難入といへど
魔界入り易きが如し年移る

佛界に魔の滿つ如し年變る

生き死にの海あらたなり遠茜

壽福寺

實朝虛子二公薄目や初茜

初不二や山山いまだ覺めやらず

大いなる旦タを朝寝はばからず

七十路のうひ山踏や裏の山

風荒き去年や今年や火の粉雲

大亂の年の讀初め太平記

偲　田中裕明　二句

年の酒丹波の紫霞を忝な

故人ゐて對する如し年の酒

初寝の覺めて切繼きりもなや

正月の望《チ》おぼおぼと降りもせず

聲比べ威勢くらべや耀始

戀を耀る初市あれな落さなん

ひのもとの闇柔かにひめ始

ひめ始天《あめ》の塗《ぬ》矛《ぼこ》をよそならず

七日正月　數へ唄風に

日經《ふ》見よやいつ六日《むゆか》過ぎ薺打つ

諸《ロ》面《テ》裏はかの世や能始

肆

夏至即ち夏の最も暗き日ぞ
天白く道白く晝をきりぎりす

日の晝の叢黑しきりぎりす
ちりちりとめらめらと病む風鈴は
白日の風鈴は天に燃えしめよ

白木槿咲きのぼるなり朝の雲

白芙蓉底紫と申すべし

帚木のそよぎ眞青き幾寝覺

丈越ゆる帚木担《タ》げ夕焼の子

帚木の母はるかなり雲夕べ

帚草抜かれねば夜も雲を掃く

大花火揚りくつくつどぜう鍋

大花火近く奈落にわれら逢ふ

大花火どよもし谷《や》中《なか》暗かりき

崖上の墓地照らされぬ海花火

眞暗な花火歸りの人の波

機上立秋

布の如き波寄る今朝の秋津洲

筑紫來て聞くや孰《つく》孰《づく》おいしつく

蓮あはれ青枯れて花咲き次げる

猛暑殘暑秋暑追打餘生とは

秋暑く罵りあへり老二人

日と影の差の一入《ホ》に秋に入る

人は多く再び會はず星夕

敗戰忌机前終日何爲しし

國敗れ流星夜夜に繁かりき

書庫の畫深くことしも鉦叩

蟲音取るくはしき闇となりにけり

雨ならば月待宵のけふのうち

昨日降りけふ十六夜の雲もなし

月夜ありく茸ありといふありもせん

ひるがへる一枚もなし葛月夜

その上は雲の迷路や眞葛原

葛布打つ砧聞きたや眞葛谷

この家の人死に絶えぬ葛嵐

一魔群通過する如《な》す霧奔る

山深く後架を霧の流れ次ぐ

山の宿下駄濕れるは霧行きし

秋の蚊やうつくしき人の許を今宵

残り蚊や父の形身の四行本

残り蚊のよろとただよふ惆ざまし

脚長く垂れて落ちずよ秋の蚊は

蚊の名殘打ちて潰して盡しけり

一葉落つ乾坤固唾呑みゐたる

一葉落つ長嘆息や土の上

人の木の一葉の汝の落つる時
わが頭上大空の今朝ひややかに
冷かや蜈蚣壁這ふ足づかひ

いなびかり水《ナ》底藻葉の片靡き

いなつるび白目畏き稲田姫

いなつるび暴風《あからしまかぜ》あばれ水

いなびかり見返る眼路の唯曠《ラ》野

油蟲逃げ極ればば飛びもする

鯊を釣るむかし娼家の裏二階

底沙に鰓を大きく鯊呼吸

鯊釣れて腥くなること迅し

萩植ゑてすなはち露を愛すなり

夕顔のあはれ巨きなわたくし兒

實夕顔枕に寢んか寥の世を

十三夜活字放光一箇一箇

悼　内外印刷小林輝之

夜長人わけても活字拾ふ人

月在りぬ時雨溜りのそこやここ

谷戸谷戸の山茶花日和又日暮

日に仰ぐ紅葉散り果つ悉く

伍

青木原海原なすや青あらし

ほととぎす二《タ》聲のみに山白む

翼持つ聲目もて追へ皐月闇

軒に垂るる蛇汝に問ふ淋しいか

蛇の野のいづこより立つ朝の虹

虹の野やつめたき蛇を遠近に

水呑みし蚰蜒絢爛の歩を返す

蚰蜒絢爛蟲の孔雀と讃ふべく

金《こん》銀《ごん》瑠《る》璃《り》硨《しゃ》璖《こ》瑪《め》瑙《なう》零しぬ蚰蜒の歩は
さみだれの一《ト》日山濡れ海濡るる
轢き癖の踏切梅雨を鳴りどほし

梅雨幾重飛《ひ》行《ぎやう》とは骨あやつるぞ

甲《ウ》腹《ク》のあひに龜あり夏眞晝

龜は一億年前の發生以來形態不變なりと

億年の龜の歩みの涼しさよ

矜《こん》羯《が》羅《ら》も制《せい》吒《た》迦《か》も野糞ひる夏ぞ

夏草や野糞發火すそこかしこ

三伏やむかし廁は闇の穴

鐵《かん》鍋《なべ》に石煮とろかす大暑かな

百物語怖ろしきより懐しく

菅貫や抜けし誰彼後チ知らず

秋や今朝臍《へそ》灸《ぎう》あぐる高けむり

關門海峡花火大會

この世かの世關門ぎぎと大花火

遠花火蜈蚣馬陸も聞きゐるか

門火焚く萬《まん》億《のく》の手の手暗がり

秋蟬も燈を戀ふ蟲の一つかな

大阪の秋暑き日を駄駄歩き

澁谷　千駄谷　四谷から市谷へ

東京に名の谷多し爽かに

秋雨にくたと五體の蝶番

黄泉夜長わが母われを忘れます

秋の聲わが聲と知るひとりかな

火戀しよわけても鑽リ火石打火

應仁の亂勃發より五百數十年

炎冷え灰冷えにけり五百年

大海を吐盡しけり大海鼠

遙かなる鯨の愛語年詰まる

彼も彼も酒に死にけり年の果

瀆すべき空の眞澄や初御空

あらたまと言へば古ル家舊ル親も

讀初の雅歌八章や聲に出て

闇豊か星豊かなり三が日

襤《ぼ》褸《ろ》も貧も光ありけり極寒も

小石原昭氏恆例鰒之宴

交りや鰭酒熱く鰒《ふく》淡き

晴寒き明治や清秉《へい》五《ご》郎《らう》

春一番句史あまたたび名勝負

水温む温むと野行き行き暮れぬ

晝眠き耳のまほらや揚雲雀

揚雲雀野に火の舌を吸ひあへば

揚雲雀翼男は落ちつづけ

耕しの煌と蚯蚓を斷ちつづけ
歸帆いま翳まみどりに暮の春

陸

去年今年紙堆し白きまま

初寝の青冥深く何もなし

風花に香《かざ》といふものなかりけり

爐火守るや老ゆれば弛ぶ志

熊鍋は大薬喰火を目守り

節分の雪せつせつと降りにけり

宙ラこめて熱持つごとし牡丹雪

沫雪や交《あざは》らず遂ぐ魚の愛

草森紳一　一周忌

骨灰を撒けば大川水ぬるむ

懐舊　昭和三十七年

上京は都内春泥なりし頃

春泥に難澁しつつ若かりき

百千鳥なかに一聲鋭く曳きぬ

囀の極みは嘆き耐へぬごと

木木芽吹く叫喚に癡《し》ふ耳も目も

芽芽尖り血を流すなり夜明空

花祭風きらきらとつめたき日

鳥眩し涅槃會に次ぎ佛生會

たらちねの乳なす霞野に山に

散る花に夕日たらたら酒長き

門司

春の潮激ち相打ち鏡なす

龜鳴くと見せて落ちけり池の晝

山藤の季《とき》淡つけく過ぎにけり

豚屠る血しぶきに夏立ちにけり

夏立つや野空の碍子なべて鳴る

眞帆立てて夏來りけり雨の中

輕舟・まや・玄彥に

我等四人吹かれ眞綠青嵐

紀州天川生鮎鹽燒　大阪北新地さか本

銀漢に生れし鮎なり串を打つ

杜鵑託すは辮《ふ》ある鬱ならん

他《ほか》の鬱溫《ぬく》め梅雨入の水《み》垂《だ》り巣は

九州豪雨

暴れ梅雨死は兀《ごつ》兀《ごつ》と一つづつ

小海線乙女の驛の大夕立

高虚子の小諸晴れたり暑くなる

菊地貞三詩兄　長逝

八十三年樂しかつたと夏の空

殻脱ぎし蟬の世眩し死後の如

戀の座は涼しくとこそ玉硯

泳ぐ母見し唯一度夏送る

海虎突くや苦《ガ》汁休暇果つ

博多

燈を竝めて屋臺新涼盡しけり

八重洋一郎に

八重山の野《の》分《わき》波《なみ》分《わき》樂土《にいる》まで

われも姨捨てたる月の明らかな

長良川

名月に鵜や嘴高く長嘆き

蟲の音は縷の如し縷のさまざまな

桂南光に

秋酌むや祇園も果の中華みせ

悼　湯川書房主人

道をしへ君尋むべしや草の丈

鶏頭の叫ぶにあらず風の聲

黄葉紅葉紫もあり褐《かち》いろも

落葉にも華やぐといふことありし

過ぎにけり時雨るると知る時しもや
木の葉髪黑きは卑し白きより

漆

秋近し刈り重ね干す草の香も

寒蟬と熱蟬と競《ホ》ふ一樹在り

人の香に酔ヒ泣く秋の蚊なりけり

三十三間堂

千手千體御手百萬や秋のかぜ

梵語　mañjūṣaka 一義に天花

曼珠沙華野面《のも》天上となりにけり

曼珠沙華縫ひありき君天つ人

のちの世の明るさかくや後の月

秋雨や沙地にひたとにはたづみ

秋雨や四つの火に四つ鍋かけて

芥燃す見るさへ旅は火戀しや

火戀しく放火しけりと調書かな

旅中　蜂飼耳さんに

身にしむや針きらきらと釦付け

小鳥らの飢ゑ始まらん紅葉山

霧霜のふる夜泊りや石上《いそのかみ》

綿蟲の湧き湧くや誰が悲傷より

おほわたといふ矮神《ちひさがみ》そぞろ神

照り曇り大綿刻といふがあり

初懐紙ホ句の山川はつ茜

坤《ひつじさる》暗きにこゑや若井汲む

若水や湯氣旺んなる井のおもて

淡島大明神

針祀る白血長血のおん神に
しらうをとあそびめいづれはかなかる
淡雪の淡海あはあは車窓過ぐ

雪降る音積む音やがて解くる音

雪しづく簾なしけり家包む

春雪といふはつ雪のはや消えし

佐保姫の乳首ももいろ木ノ芽春

土波《なゐ》海嘯《つなみ》冴返る一億三千萬

冴返る耐へて靜けき人びとよ

土波いくたび今年の櫻遲かりき

土波遠み罪負ふごとし花に逢ふ

ちちぶさのやうに罩めたり養花天

よき櫻持ちてよき村花筵

死ぬるゆゑ一ト生めでたし花筵

あめつちに花ふぶくなり日を一ト日

やすらへ花・海嘯《つなみ》・兇火《まがつひ》・諸靈《もろみたま》

寄り別れ逢坂山の蝶二つ

百萬の蝶降り窒息しなん寢

こゑ濡れて雨のうぐひす頻リ鳴く

りるりると瑠璃に溺るる揚雲雀

鳥の戀解けて蚯蚓へ驀《まつしぐ》ら

頭を病むやいづこも藤の垂る比

道埃さへ風薫れ祭けふ

腰《よ》輿《よ》の軒懸《ケ》おん葵見えしのみ

己レ撫で顔無きごとし皐月闇

煌《くわう》として夜半しろがねの蛞蝓《なめくぢり》

黴疊踏み抜くや立つ青けむり

二タ懸る虹《をにじ》蜺《めにじ》や野は日暮

花火果て夏果て沖の波白ぐ

源氏讀に男女の事を實事といへば

實事とはよべの花火のことなりし

捌

陵や葉うら葉うらの夏深き

蜉蝣の群れ死に流る夥《タ》し

蜉蝣や戀も子産みもただ三刻キ

夜の雨の裾こそ繁吹け蟲のこゑ

蟲の音の二《に》河《が》白《びやく》道《だう》に濡れてわれ

草の露あつめ草川野をいそぐ

芋の露硯の渇き癒すべう

露の門ひらくや露の棺出づ

望月の何処か歪《ッ》を誰も言ふ

燈さぬわが家のみなり秋の暮

一燈下夜なべ家族の向き向きに

夜なべびと一人立ちしは臺所

網代木の八十宇治川や逆巻ける

網代木の八十いろくづの行方いさ

さすらひの皇子祀りけり酉の市

三の酉ある火《ほ》どころを畏めり

冬至富士紫雲赤《ク》光放ち暮る

櫛入れしごとくに木木や年の山

餅好きのわれに切餅丸の餅

八方の原子爐尊《たふと》四方拝

冬の蠅わが風邪熱に慕ひ寄る

掃苔　多田智満子墓

冬麗の墓を濡らして遊びけり

就中風花を死者よろこべり

蟲出しに塞ぎの蟲や疳の蟲

水送りあれば水取り星豊か

水零すごとくに火をばお松明

大潮の蛤沖へ遠泳ぎ

紛れなし浅蜊に混る小蛤

蛤の吐くや綺麗な砂すこし

悼　四世雀右衛門

闌けて猶時分の花や散りてなほ

葬の日

三姫のことに雪姫春の雪

櫻山ふぶく集めてさくら川

櫻てふ十日の寢も失せにけり

花の寢失すや青葉の鬱現つ

鬱鬱の絲吐き晝を繭ごもる

巣箱出つ入りつつ蜜蜂怒り易

蜂飼ふや網帷《ラ》に鎧ひつつ

母の日や堂守絶えし鬼子母神

悼　加藤郁乎

人死ぬやこゝろ萬緑に溺れつつ

みちのく所見

見の限り山衰ひぬ懸り藤

籠り見る卯花くたし青あをと

悼　眞鍋呉夫

はつ夏の雪をんなこそ苔雫

長梅雨や頭も尾も分かず蛞蝓

蛞蝓の雌《め》雄《を》なく互み交みあふ

梅雨雷いつしか日雨日雷

天満祭　二句

地車《だんじり》の日がなヂングワン旱雲

天神は雷靈《いかづち》水靈《みづち》大夕立

雫していま大虹の立ちあがる

虹の根のあたり産ごゑあがる家

玖

悼　十八世勘三郎

にぎやかに踊り込みけり年の闇

除夜参り初詣でとぞ年移る

初明りもの古きこそ新しき
若水に漱《くちすす》ぎさておめでたう
漕ぎいでて遠初富士を獨り占め

淑氣なほ續けと晝を醉ひ寢せり

夕刊の來ぬ元日のいつまでも

駘蕩と一ト日暮れたりお元日

初湯より生れて我や老童子

初㝱も覺めてのちも混沌《まろかれ》る

覺めて憶えぬ初㝱をありがたう

悼 十一世團十郎 二句

飛六方翔り失せたる春寒し

荒事は老《イ》を許さず冴返る

老境も佳境に入りぬ春炬燵

あぶな繪の阿鼻叫喚や春の雪

風早もきららきさらぎ象《きさ》の山

象川に沿ふ野遊びの一日なる

おほぞらの奥に海鳴る涅槃かな

行くところ金泥なせり春の泥

降りつぐや七寶びかり春の鴿

蝌蚪喰らふ蝌蚪あどけなや晝の水

捨雛の髪ごつそりと抜け凄き

花疲れとは人よりも花に先づ

落し文中子の蟲や戀の神

みちのくの夏始まるや上野より

汚染列島黴雨北上けぶりつつ

みちのくの痛みにともす梅雨の燈ぞ

釣る我も釣らるる汝も梅雨を病む

桃實る巨きく全く怖ろしく

牛を棄て民を棄て夏あたらしき

形代の落ちゆくや永《と》久《は》に浄まらず

大磯や小磯やけぶる虎ケ雨

あめつちに滂沱と雨や鯰なべ

硝子界出づや大阪蟬地獄

既にして蟬の大阪午前五時

北新地まつ本　二句

鱧切るや暗渠落ちつぐ蜆川

鱧食ふや疊に蹠《あうら》投げ出して

つぎつぎに額《カ》打つ蟬や森に入る

蟬しぐれ心壊れし人しづか

片影は眼差深し那覇市場

色町に検査日ありし片かげり

母たちに簡單服の夏ありし

新涼やどつと重たき脛《すね》蹠《あうら》

天が下暗き踊の輪がありぬ

先導は遠き代の火か蟲送り
送る人送らるる蟲睦ぶごと
聞ゆるは螻蛄かしじまか空耳か

太祇忌に次ぎ西鶴忌月を待つ

二萬三千五百句皆ちりぢりや西鶴忌

男《なん》契《けい》の色もしいはば鳥兜

木の草の光りざま見よ秋の風

秋風や卒塔婆かたかた笑ひづめ

野分吹き返し立てたり雲の峯

青き夜の雲押しあへり野分晴

大坂城

寝の又寝やなにはの後の月

又落つる眠りの奈落露の底

眠りつつ一身冷えぬ露葎

鷹一つ三つあれ七つ伊良古崎

歸り旅伊良古の鷹を瞼籠め

坂東みの蟲改め三津之助急逝　五十一歳　二句

みの蟲の羽化登仙か三津之助

みの蟲のなき夕空の澄みに澄む

正倉院

蘭奢待守るや奈良坂片時雨

銀座百點句會　前年の昭一に續き登志夫　陽子を喪ふ

暦焚く指折りて彼も彼も亡し

無き家に亡き母ひとり年守る

氷ごろもを著て滿目の石も木も

年年の迅し眩しと雪頻る

雪つむや飢ゑ透きとほる蛇蛙ヅ

拾

大旦おものちしるの恩無限

年玉に衾給びけり寝ね積まん

J・アングルス
お降りやふる亞米利加の客泊めて

蕪村忌
春星に謝すや天明俳諧譜

寢に雪ふると目覺めつ現つ雪

亡父享年廿九

青年の父を死なしめ春の雪

伯耆路の海は雪ふる雛まつる

白酒のねりぎぬくだる喉の闇

鶏合日和くもるや風も出て

囀や戀の玉箱くつがへし

花はをのこ月はをみなか西行忌

セルビヤ・ブルガリヤ・スロベニヤ行

ばるかんは櫻さくらぞ旅十日

煌きて蝌蚪の水とは知られけり

蛙子の巨きく手足まだ出でず

永き日も日暮はありて暮永し

悼　植田いつ子

走梅雨針も鋏もはつか銹ぶ

木耳の百《ひやく》耳《じ》聾つ山の雨

降りつづく中七月の來てゐたる

ホテルフロリダ流離の色の金魚かな

貴種流離とは汝を言ふか錦蘭子

しろがねの鱗落して紙魚逃ぐる

書に凝るる孰れ深きや紙魚と我

越後長岡

よべ花火競《ホ》ひし空のただ白し

懐旧

晝寝覺往還しんと犬殺し

犬殺し炎晝猫取り春夕べ

老殘の殘暑むざんや灼疊

夏壊す音ひねもすよ濱日和

强波に次いで直《ただ》波秋渚

浮塵子又の名實盛蟲

蟲と化りし實盛瞋るたなごころ

燈の几舟と浮めて蟲の闇

待宵の草分行かん何處までも

雨ながら良夜と知るか蟲のこゑ

望よりも十六夜まどか雲がちに
角切の朝澄みけり鹿の奈良
振向かず角の別れといふべしや

天地の間蓑蟲一つ暮れ残る

芭蕉忌

妄執の枯野つづくや生後死後

後夜小火《ぼや》のありし長夜の明け難な

漱《くちすす》ぐ水に血の香や今朝の冬

國體の腸《タ》なまぐさし憂國忌

永久《とは》四十五《しじふご》三島忌修し皆老いぬ

牡蠣船の燈し誘《をび》くや夕ごころ

これやこの住《すみ》吉《のえ》牡蠣に酢橙

ふくふくと鰒《ふく》食うべをり湯氣籠り

猪に飽き臓腑ことごと醤油色

鍼灸正見堂　年暮

經絡の年深みかも壁に繪圖

置鍼を表裏びつしり冬籠

針千本とは老い我ぞ冬籠

零

去年敷きし夜具懐しや寝正月

初昔昨日は今日の夜具脱けて

色好む歌こそよけれ讀始

懶《ものぐさ》を冬季となすや獨住み

懶も光さしけり寒の入

み雪ふるけふの隣や野のひかり

寒食や紅なまなまと豆腐餻

オペラ遠い帆仙臺初日
偶春分なれば

纜ナ解く最も叶へ彼岸潮

はねて雪

岸離《か》れし船に彌重《いやし》け春の雪

伊賀丸柱土樂窯

窯籠る炎のすゐや晝霞

霞む日の垂乳根のこゑ草よりぞ

福森雅武野焼明王陶像

愛染の火や野を走り空走れ

悼　桂枝雀

哄《おほぐち》に笑うて虚ろ芽吹山

天上大風花撓ふなり悉く

こゑなくて晝の櫻のよくさわぐ

燊冷といふべし醇熱《こざけ》うせよ

友枝昭世　道成寺

ちるさくら血と紛ふ迄舞澄むや

春眠りはるけき國へ運ばれし

春の㝱覺めしうつつぞゆめめける

手庇や山藤けぶる幾峠

靉靆と白襲ねたり大牡丹

吊ハムに五月蠅凝れたりボルヘス忌

ボルヘス忌翰林の廊に黴青む

蟻の巣の迷宮思へボルヘス忌

宇治川

燕等も鮎釣竿もさかのぼれ

大阪伏見町谷松屋

市なかの朝タ湯滾る涼しさよ

遠州作竹花入深山木

竹に咲く深山木の花何何ぞ

同茶杓クセマヒ

若竹のクセ舞舞や風の共《むた》

大槻能樂堂　赤松祥英國栖

放ちたる鮎のゆくへを指の先

修善寺月桂殿　友枝昭世葵上

夏の夜のうはなり打や水の上

寝苦しと小袖杖《う》つなり繰返し

熊蟬の翅透きとほり熊野川

往んじ世や踊念佛《ねぶつ》に幾夕立

熊野坐大神達《くまのにますおほかみだち》の夏深し

蟬ごゑも玉の緒も絶ゆほとほとに

官休庵十世有隣齋宗匠　長逝

冥土なる隣有りけり涼新た

無月とや雲の暈《サ》透く月の姿《リ》

眞黒な月と申さん谷戸の空

身のめぐり露の犇く音と思ふ

富山内外薬品　笹山和紀に

草紅葉薬の道は此處よりぞ

醜草もいろいろ草ぞ秋深み

土樂窯より手づくり米

新米のひかりや枡をこぼれつつ

新米や愛染さまに一つかみ

渡津海の月しろの道渉るべう

後の月宴に一遍誕生寺銀杏を惠まる

剝きたまり銀杏月の涙とも

月の寺その大銀杏思ふべし

今宵ばかり十三夜月誕生寺

後の十五夜ほど間の抜けたるはなし

後の月二つこぼしてただ明る

塗師角偉三郎我を迎ふるに粗を以てすといへば

粗の中に豪粗叶ひぬ火のほとり

へギ板に新蕎麥美しく盛りぬ

葉を敷けり露の通草の十《ヲ》餘り

合鹿椀使ひ傳へて秋古ぶ

縁《チ》缺いて椀悴めり百ばかり

白洲正子追慕茶會　丹波拙鶴庵

口切の一チ碗や先づ九泉へ

茶に酔うたりや小春いつまで暮れかぬる

鹿の子等も見に來《こ》若宮おん祭

旅所いま還城樂《げんじやうらく》や霜踏んで

還御とは互テ闇を沈《ぢん》の香ぞ進む

冬山となりて深さよ奈良の奥

紅葉づなく焦げし諸葉や分入れど

甲賀油日社

塵沍つや巡らしの廊がらんだう

櫟野寺

櫟《いちゐ》野《の》ののこる一《ト》木を佛かな

丈山詩仙堂

人の丈見る冬山に如かずけり

同作庭シシオドシ

身の內の鹿《シ》おどろきぬ年の山

蛇纏れ眠るをせどや山棲ひ

金福寺　蕪村一門墓所

冬の墓一つ心にかたまれる

銀座裏　竹内一樂堂

小さき燈を我等持寄り大燈忌

瓜漬を盛つて陸沈大燈忌

平成己卯冬至望　百三十三年ぶりの明度なりと

冬名月といふべく塵の髭さへも

冬名月とほ引潮の秀《ほ》ぞとがる

寝て起《キ》て寝て起《キ》て暮るる數へ日か

年迎ふ蕎麥粉掻成す混沌と

奥能登歳晩

雪まじり濤打かぶる小十軒

＊

遠白く丈高く何立ちぬらん

人分けて秋の來《タ》るは白からん

瀬がしらの白きはやかに秋に入る

白扇を潰すに秋の一字もて

銀《ネ》の秋來ぬと四方鳴るごとし

しろがねの秋の水涌く泉かな

瞑りて頭のうち白し秋眞晝

秋かぜや炎を白く濱焚火

秋のこゑもし色いはば素白《そはく》こそ

ことごとく白頭吟や秋のホ句

句集　十年　畢

餘

畏敬する若き俳友、田中裕明逝去の年暮をもつて終はつた前句集『遊行』以後、十年分の句屑を拾つてここに一本とする。この十年餘、裕明句は年年成長して大きな存在になつてゆくのにひきかへ、生きてゐる自分は句作を含めて何をなしたか。自戒の微意を込め集名を「十年」とした。壹から拾までほぼ發表順だが、収錄句は必ずしも年毎ではない。零は文字どほり壹以前、および拾までから零れたもの。いづれにせよ、時代錯誤の遊俳の遊餘に過ぎない。

これら貧しき限りの總てを、裕明居士をはじめ、この閒幽明境を異にした師友知己諸靈に獻げたい。勿論、生の最中にある諸子の掌に上ることあらば、望餘の喜びである。

氷《こほり》白《しら》玉《たま》白玉樓中君受けよ

平成丙申朱夏

逗子星谷書屋　高橋睦郎識

初句索引（五十音順）

あ　行

- 愛染の　一九五
- 襞襲と　一九六
- 青木原　一七六
- 青き夜の　一七九
- 青梅雨の　一六九
- 青夕　一三一
- 秋暑く　一六一
- 秋かぜや　一六四
- 秋風や　二〇五
- 秋酎むや　一六六
- 秋雨や　二一二
- 秋雨に　一六八
- 秋雨や　六八
  - ―沙地にひたと　二七
  - ―四つの火に四つ　一二八
- 秋蝉も　八七
- 秋近し　二五
- 秋の蚊や　六一
- 秋のこゑ　二〇五
- 秋の声　八九
- 秋や今朝　八六
- 芥燃す　二八
  - ―揚雲雀　九四
- 揚男は　九四
  - ―野に火の舌を　八五
- あけぼのや　一八
- 揚幕に　二六
- 浅草や　三一
- 脚長く　七〇
  - ―網代木の　一六四
  - ―八十いろくづの　一三八
  - ―八十宇治川や　一二一
- 暴れ梅雨　一五六
- あぶな絵の　二〇七
- 油虫　七一
- 余り乳の　一三一
- 天が下　一六五
- あめつちに　七二
  - ―花ふぶくなり　一三六
  - ―滂沱と雨や　二〇五
- 雨ながら　一三五
- 雨ならば　六六
- 海虎　一〇九
- 荒事は　一五五
- あらたまと　九一
- あらたまの　三一
- 新玉の　一七六
- 蟻の巣の　一六
- 泡立つ血　三二
- 沫雪や　一三三
- 淡雪の　二六
- 美しき　一四四
- 埋木の　一一三
- 鬱鬱の　一四八
- 鬱鬱と　八
- うたたねの　六一
- 薄氷の　六一
- 牛を棄て　九一
- 往んじ世や　一九八
- 色町に　一六四
- 色好む　一九三
- 生き死にの　九九
- 欅野の　一五〇
- 市なかの　一〇二
- 売り買ひに　一八七
- トふ木　一一三
- 瓜漬を　六六
- 駅頭の　一三六
- 一燈下　一二六
- 縁側あり　四二
- 縁下に　七
- 糸をもて　一〇七
- いなつるび　五六
  - ―暴風　一七四
  - ―白目長き　一三一
- いなびかり　一六五
- 大いなる　一七二
- 大磯や　一七六
- 大旦　一七二
- 哄に　一七一
- 大阪の　一七四
- 大潮の　一七七
- おほぞらの　一八二
- 大花火　一三五

犬殺し　二六
犬ぞらの　一八二
芋の露　一三五

——揚りくつくつ	一六一
——近く奈落に	一九
——どよもし谷中	一六
おほわたと	二〇
置鍼を	一〇
億年の	八三
送る人	
片影は	
汚染列島	一五
落葉にも	一六六
男梅雨女梅雨	一二三
落し文	一五
己レ撫で	
おぼろ夜の	
泳ぐ母	一〇六
降りつぐや	一五七
降りつづく	二一

か 行

帰り旅	
蛙子の	一七〇
牡蠣船の	一七七
崖上の	一八九
蜉蝣の	

蜉蝣や	一三
風花に	一九
風早も	一六
霞む日の	一八
風荒き	一八
片影は	一八
形代の	一六六
——落ちゆくや永久に	一六一
——われ流れゆく	一二三
蝌蚪喰らふ	一五
門火焚く	八七
かのゑまひ	一三〇
鹿の名残	一〇三
蚊の子等も	八
蚊柱も	一〇六
黴畳	一四七
鎌倉の	一四一
窯籠る	一九四
亀鳴くと	一〇四
硝子界	一六二
殻脱ぎし	一〇八
搦みあふ	一二四
枯木影	一四一
枯草に	

彼も彼も	二一
川湖る	一三九
櫛入れし	一六二
葛布打つ	二〇一
寒食や	一九四
寒蝉と	一二五
漱ぐ	一八八
国敗れ	六五
鉄鍋に	八八
祇園会や	一三六
木木芽吹く	三七
聞ゆるは	一〇一
熊鍋は	九八
熊野坐	一六七
木耳の	一四
象川に	一五
岸離れし	一一
貴種流離	一八二
木となりし	九
昨日降り	一三
木の草の	一三〇
帰帆いま	一四一
京都千年	一九八
煌きて	一〇四

草紅葉	一九
櫛入れし	一三一
葛布打つ	六一
口切の	二〇一
漱ぐ	一八八
国敗れ	一八八
熊蟬の	一六七
熊鍋は	九七
熊野坐	一六七
啓蟄の	一九
鶏頭の	一二三
経絡の	一五〇
潰すべき	九一
今朝ばかり	一九
蜻蜓絢爛	八二
夏至即ち	七九
恋の座は	五六
恋を韃る	一〇八
高虚子の	五四
好色や	一一
煌として	一七〇
甲ッ腹ヶの	八〇
小海線	八三
合鹿椀	三五

帰り旅	二〇〇
蛙子の	一〇七
牡蠣船の	八三
崖上の	一三〇
蜉蝣の	一二

209

声比べ 五四
こゑ濡れて 一二八
木枯の
――悲憤や空を 四〇
――湾《ダ》に叫ぶや 四〇
漕ぎいでて 一五二
国体の 一八八
故人ゐて 五三
去年今年 九七
去年敷きし 一九三
骨灰を 一〇〇
ことごとく 二〇五
小鳥らの 一一九
この家の 六八
木の葉髪 一一三
この世かの世 八六
籠り見る 一四六
木洩日か 三三
後夜小火の 一八七
今宵ばかり 二〇〇
暦焚く 一七二
これやこの 一八九
こゑなくて 一九五
子を殺す 四六
矜羯羅も 八四
金銀瑠璃琿瑮 八二

さ行

冴返る 一三四
囀の 一〇一
囀や 一七八
佐保姫の 一三四
咲き満つは 七
桜咲く 二六
桜てふ 一四四
桜山 一四三
さすらひの 一三八
実朝忌 五
実朝虚子 五〇
さみだれの 八二
さみどりを 三〇
覚めて憶えぬ 一五四
三月の 二五
三の酉 一三八
三姫の 一四三
三伏や 八四
三木《ク》は 二〇
潮滾ち 一五
醜草も 一九九
猪に飽き 一九〇
雫して 一四九
実事とは 一三一
死ぬ迄を 四二
死ぬるゆゑ 一三六
榮冷と 一九五
十三夜 七六
淑気青 二
淑気なほ 一五三
春愁の 九
春星に 一七六
春雪と 一三三
春泥に 一〇〇
正月の 五三
上京は 一〇〇
少年等 一八
書庫の昼 六五
書に痴るる 一八二
除夜参り 一五一
しらうをと 一三三
しろがねの
――秋の水涌く 二〇四
――鱗落して 一八二
銀《ネ》の 二〇四
白酒の 一七七
白芙蓉 五九
白見つめ 四五
白木槿 五九
新米の 一九九
新米や 一九九
新涼や 一六五
吸ふよりも 四
菅貫や 八五
過ぎし者 一八
過ぎにけり 一一三
廃れ舟 一一七
既にして 一六二
捨雛の 一五八
巣箱出つ 一四五
摺足に 三
頭を病むや 一三九
青年の 一七七
瀬がしらの 二〇四
節分の 九九
蟬ごゑも 一九八
蟬しぐれ 一六四
千手千体 一一六

先導は 一六六	ちちぶさの 一三五	梅雨濛濛 一一四	年迎ふ 一〇三
底沙に 一七五	血の肉の 一四四	強波に 一四八	途中の目 一八八
底紅や 一七七	茶に酔うたりや 一〇一	吊六方 一九六	吊ハムに 一六四
その上は 一六六	中将や 一九四	釣る我も 一六〇	纏々解く 一五五
その頃の 一七〇	蝶群れて 一一〇	手庇や 一九六	飛六方 一四一
粗の中に 一一〇	塵瓦つや 一九六	共に祀れ 一一〇	
宙ゝこめて 九九	ちりちりと 一一〇	照り曇り 一一〇	共に祀れ 一三一
	ちるさくら 一五六	鶏合 二〇二	鳥の恋 一七四
た 行	散る花に 一六五	天上大風 一九六	鳥眩し 一九四
大海を 九一	ついり穴 一〇四	天白く 一一〇	永久四十五 一八八
太祇忌に 一六七	月在りぬ 一六七	天神は 一五六	
駘蕩と 一五二	つぎつぎに 一五二	天地の間 一四七	**な 行**
大乱の 一五一	月の寺 一五一	東京に 一七一	
高仰ぐ 一四三	月夜ありく 一四三	冬至富士 一三二	土波いくたび 一七八
耕しの 一四五	筑紫来て 一四五	冬麗の 一七九	土波海嘯 一〇四
鷹一つ 一七〇	角切の 一七〇	遠白く 一七〇	土波遠み 一二四
丈越ゆる 一六〇	翼持つ 一六〇	遠花火 一四〇	永き日も 一三五
闌けて猶 一四三	燕等も 一四三	杜国忌の 一六二	長梅雨や 一四七
竹に咲く 一七六	梅雨幾重 一七六	年越の 一八〇	汝が眠り 一四〇
たなそこに 一三一	梅雨雷 一三一	年玉に 一八六	就中 一七七
旅所いま 一〇一	梅雨鴉 一〇一	年詰まる 一八二	無き家に 一九四
たらちねの 一〇三	梅雨潮の 一〇三	年年の 一九四	懐しき 一五二
地車の 一五四	梅雨しぶく 一五四	年の酒 一七五	夏草や 一五一
小さき燈を 一〇二	――歌舞伎座燈る 一〇二	年の夜の 一三二	夏壊す 八四
	――戯場燈るは	――歌舞伎座燈る	夏潮に 一六四
	露の門		夏潮の 一七七

夏立つや　一〇五	のちの世の　一一七	初不二や　一五一	万緑の　一〇〇
夏の夜の　一九七	野分吹き　一六八	——母はるかなり　一五九	花火果て　一三一
七十路の　一五一		八方の　一三二	花祭　一五二
蛞蝓の　一四二	**は 行**	初昔　一九二	花火果て　一〇八
男契の　一六七		初夢の　一三三	花冷の　一二七
にぎやかに　一五二	敗戦忌　六五	初夢に　一四五	花はのこ　一一七
蠅の巨きな　一四一		初夢の　一六五	花の夢　一五八
逃ぐる追ふ　一一九		母の日や　一三三	花の夢　一五八
萩植ゑて　一九		蛤の　一四二	葉を敷けり　一七七
濁り川		鱧切るや　一六二	晴寒き　一四
——鮎躍りては　一六六	白日の　六七	——覚めて切継　一六三	春の夢　一六
——くだつや逆ふ	白扇を　七七	鱧食ふや　一九	春の潮　一〇三
虹の根の　一九一	はくれんの　二〇四	青冥深く　六四	春眠り　九五
虹の野や　一九四	——はぐれはぐるる　一九八		ばるかんは　一七六
二十四を　八一	——はぐれのちの	初夢も　一六七	春一番　七九
二十四時　九四		初湯より　一三	遥かなる　九一
蓮あはれ　一六六	走梅雨　六二	花籠　三一	針祀る　一二
二万三千五百句			
布の如き　一六七	鯊釣れて　七三	放たたる　八〇	——遥かなる　一三
寝苦しと　六三	鯊を釣る　一七六	帯草　六〇	万緑の　六
寝て起きて　一七七	蜂飼ふや　一三三	花疲れ　八三	はりはりと　九一
眠りつつ　一七〇	蜂飼の　一四五	花の夢　一四	針千本　一六三
眠りの蜷局　一二四	八月や　一七	花寒き　一五	鱧食ふや　一六三
軒に垂る　八〇	八十三年　二〇八	春の夢　一九	鱧切るや　一四一
残り蚊の　七二	初明り　一三二	春の潮　一六	母の日や　一四五
残り蚊や　七一	初懐紙　一三一	春眠り　九五	母たちに　一六五
後の月　一四七	初語り　二九	ばるかんは　一七六	——そよぎ真青き　一五九
はつ夏の	跳ね跳ねて　一二九	春一番　六〇	
帯木の　八九	蜩の　五	遥かなる　九一	
	火恋し　二一		
	火恋しく　一〇一		
	火恋しよ		

氷ごろもを　一七二
坤　三二
日と影の　六四
人死ぬや　一四六
人の香に　一二六
人の木の　七二
人の丈　二〇二
人は多く　六四
一葉落つ
——乾坤固唾　七一
——長嘆息や　七一
灯さぬ　一三六
人分けて　二〇四
日に仰ぐ　七八
燈の几　一八五
日の昼の　五八
ひのもとの　五四
日経見よや　五五
ひめ始　五五
百万の　一二七
百物語　八五
冷かや　七二
ひるがへる　六七
昼寝覚　一八三
昼眠き　九四
灯を並めて　一〇九
氷を結ぶ　二三
ひんやりと　四三
ふくふくと　一八九
二《タ》懸る　一三一
豚屠る　一〇四
縁《チ》欠いて　二〇〇
仏界に　五〇
冬の瘤　二三
冬の蠅　一四〇
冬の墓　二〇二
冬名月　二〇三
冬名月と　二〇三
冬山と　二〇一
ふりかぶる　三九
振向かず　一八六
古鯉の　八
ヘギ板に　二〇〇
蛇の野の　八〇
蛇纏れ　二〇二
伯耆路の　一七七
茫茫と　一四
他の鬱　一〇六
鉾繁吹き　三五
螢火の　二
ホテルフロリダ　一八一
ほととぎす　七九
杜鵑　一〇六
炎冷え　八九
ボルヘス忌　一九六
襤褸も貧も　九二

ま　行

舞ひ痴るる　一
魔界入り　四九
紛れなし　一四三
交りや　九二
又落つる　一六九
真暗な　六三
真黒な　一九八
真白な　一六
待宵の　一八五
真帆立てて　一〇五
曼珠沙華
——野面天上と　一一六
——縫ひありき君　一一七
三方の湖　三四
陵や　一三三
三島忌や　四四
水送り　一四一
水零す　一四一
簾ごもる　一六
水温む　九三
水呑みし　八一
道をしへ　一一
みちのくの
——痛みにともす　一六〇
——夏始まるや　一五九
道埃　一三九
みづうみの　一三一
身にしむや　一一九
身の内の　二〇二
見の限り　一四六
みの虫の
——羽化登仙か　一七一
——なき空の　一七一
身のめぐり　一九八
実夕顔　七六
み雪ふる　一九四
剝きたまり　一九九
無月とや　一九八

虫出しに　一四一
虫と化りし　一八四
虫音取る　六六
虫の音の　一三四
虫の音は　一一一
名月に　一一〇
冥土なる　一九八
瞑りて　二〇四
瞑れば　九
芽芽尖り　一〇二
面妖な　五
妄執の　一八七
猛暑残暑　六三
門司といへば　三一
餅好きの　一三九
望月の　一三六
望よりも　一八六
懶も　一九三
懶を　一九三
黄葉紅葉　一一三
紅葉山　四〇
紅葉づなく　二〇一
百千鳥　一〇一
桃実る　一六〇
諸《ロ》面《テ》　五五

や行

八重山の　一一〇
やすらへ花　一三七
谷戸谷戸の　七七
山祇《ミ》の　三九
山の宿　六九
山深く　六九
山藤の　一〇四
山鉾を　一五
山微笑　六
闇畳か　九二
夕顔の　七六
夕刊の　一五三
夕浪に　四二
雪折れや　一三
雪しづく　一三三
雪つむや　一七三
雪は白し　四
雪降る音　一一三
雪まじり　二〇三
行くところ　一五七
夢に雪　一七六
夢の又　一六九
よき桜　一三六
夜桜と　二〇七
夜長人　七七
夜なべびと　一三七
夜の雨の　一三四
夜の落葉　四一
よべ花火　一八二
読初の　九一
黄泉夜長　八八
四方奔る　一五
腰輿の軒　一三九
寄り別れ　一二七

ら行

蘭奢待　一七一
りるりると　一三八
老境も　一五五
老残の　一八三
炉火守るや　九八

わ行

わが頭上　七三
わが生の　四五
若竹の　一九七
若水に　一五二
若水や　一三一
渡津海　一九九
綿虫の　一三〇
われも姨　一一〇
我等四人　一〇五

季語索引

・本句集所収の全句を季語別に分類し、現代仮名遣いの五十音順に配列した。数字は該当頁を示す。
・抽出した季語には『角川　季寄せ』等に従い春夏秋冬新年の区別を付した。
・分類に際しては、歳時記等に収載のない言葉であっても、季語に準じると思われる言葉については、本索引に抽出したものもある。

あ　行

青嵐（夏）　七九・一〇五
青卯（夏）　一一
青梅雨（夏）　三三
青葉（夏）　三四・一四四
青葉潮（夏）　三〇
秋（秋）　八六・二〇五
秋暑し（秋）　六四・八七
秋扇（秋）　二〇四
秋風（秋）　一六八・二〇五
秋来る（秋）　二〇四
秋酌む（秋）　一一一
秋雨（秋）　八八・一一七・一一八
秋蟬（秋）　八七
秋立つ（秋）　一七
秋近し（夏）　一一五
秋隣（夏）　三七
秋に入る（秋）　六四・二〇四
秋の蚊（秋）　六九・七〇・一一六
秋の風（秋）　一一六・一六八
秋の暮（秋）　一三六
秋の声（秋）　八九・二〇五
秋の浜（秋）　一八四
秋の昼（秋）　二〇四
秋の水（秋）　二〇四
秋深み（秋）　一九
秋古ぶ（秋）　二〇〇
通草（秋）　二〇〇
揚雲雀（春）　九四・一二八
明易し（夏）　一三
網代木（冬）　一三七
暑し（夏）　一〇七
油虫（夏）　七四
鮎（夏）　三六・一〇六・一九七
鮎釣（夏）　一九六
新玉（新年）　三・二一・九一
淡雪（春）　一二三
沫雪（冬）　九九
息白し（冬）　四
十六夜（秋）　六六・一八六
凍つ（冬）　二〇一・二〇二
稲つるび（秋）　七三
稲光（秋）　七三・七四
寝積む（新年）　一七五
芋の露（秋）　一三五
初山踏（新年）　五一
鶯（春）　一二八
薄氷（春）　六
鬱金香（春）　二九

卯の花腐し(夏) 一四六
海開(夏) 一五
炎昼(夏) 一八三
おいしつく(秋) 六三
大旦(新年) 五一・一七五
大綿(冬) 一三〇
お元日(新年) 一五三
御降(新年) 一七六
お松明(春) 一四一
落椿(春) 一二六
落葉(冬) 四一・一一二
男梅雨女梅雨(夏) 三五
落し文(夏) 一五九
踊(秋) 一六五
虹蜺(夏) 一三二
朧(春) 八
朧夜(春) 八

か行

蚊(夏) 一三
蛙子(春) 一七九
牡蠣(冬) 一八九
牡蠣船(冬) 一八九
懸葵(夏) 一二九
蜉蝣(秋) 一三三・一三四
風花(冬) 九八・一四〇
悴む(冬) 二〇〇
霞(春) 一〇三
霞む(春) 二四・一九四
数へ日(冬) 二〇三
片蔭(夏) 一六四
片かげり(夏) 一六四
片時雨(冬) 一七一
形代(夏) 三七・一六一
蝌蚪(春) 一五八・一七九
門火(秋) 八七
鉦叩(秋) 六五
蚊の名残(秋) 七一
蚊柱(夏) 一三
黴(夏) 三一・一三〇
雷電(夏) 一五
亀鳴く(春) 一〇四
枯る(冬) 二〇
枯木(冬) 四三
枯草(冬) 四二
枯野(冬) 一八七
元日(新年) 一五三
寒食(冬) 一九四
寒蟬(秋) 一一五
簡単服(夏) 一六五
寒の入(冬) 一九三
寒晴(冬) 九三
祇園会(夏) 三五・三六
木耳(夏) 一八〇
きさらぎ(春) 一五六
木の芽(春) 一〇三
休暇果つ(夏) 一〇九
霧(秋) 六八・六九
螽蟖(秋) 五七・五八
霧霜(秋) 一一九
金魚(夏) 一八一
銀杏(秋) 一九九
錦蘭子(夏) 一八一
草茂る(夏) 一八
草猛る(夏) 一八

草の芽(春) 二五
草芽木芽(春) 二五
草紅葉(秋) 一九九
葛嵐(秋) 六八
葛月夜(秋) 六七
葛布打つ(秋) 六八
口切(冬) 二〇一
熊蟬(夏) 一九七
熊鍋(冬) 九八
雲の峯(夏) 三四
栗の花(夏) 一〇
暮の春(春) 九五
啓蟄(春) 二四
鶏頭(秋) 一二三
今朝の秋(秋) 六三
今朝の冬(冬) 一八八
夏至(夏) 五七
蚰蜒(夏) 八一・八二
結氷(冬) 二三
螻蛄鳴く(秋) 一六六
氷解く(春) 六
木枯(冬) 四〇
去年今年(新年) 五三・九七
極寒(冬) 九二
事始(冬) 四五
木の葉髪(冬) 一一三
小春(冬) 二〇一
暦焚く(冬) 一七二

さ行

西鶴忌(秋) 一六七
西行忌(春) 一七八
冴返る(春) 一二四・一五五
囀(春) 九・一〇一・一七八
桜(春) 一三五・一四三・一四四・一七九・一九五
山茶花(冬) 七七
五月闇(夏) 八〇・一三〇
実朝忌(春) 五
佐保姫(春) 一二四
五月雨(夏) 八二
寒し(冬) 四六
沢胡桃(夏) 一六
爽やか(秋) 八八
三月(春) 二五
三が日(新年) 九二
残暑(秋) 一八三
三の酉(冬) 一三八
三伏(夏) 八四
時雨る(冬) 一一三
時雨(冬) 四一・四二・七七
猪鍋(冬) 一九〇
七月(夏) 一八一
七五三(冬) 四一
桜冷(春) 一九五
四方拝(新年) 一三九
紙魚(夏) 一八二
霜(冬) 二〇一
十三夜(秋) 七六・二〇〇
秋暑(秋) 六三
淑気(新年) 二一・一五三
春愁(春) 九
春星忌(冬) 一七六
春雪(春) 一二三
春泥(春) 一〇〇
春眠(春) 一九五

項目	ページ
正月（新年）	五三
白魚（春）	一三三
白酒（冬）	一七
白芙蓉（秋）	五七
白木槿（秋）	五九
新蕎麦（秋）	二〇〇
新米（秋）	一九九
新涼（秋）	一〇九・一六五
菅貫（夏）	八五
涼し（夏）	一〇八・一六七
捨雛（春）	一五八
節分（冬）	九九
蝉（夏）	一八・一〇八・一六二・一六三・一九一
蝉時雨（夏）	一六六
耀始（新年）	五四
底紅（秋）	一七

た 行

項目	ページ
鷹（冬）	一六〇
大燈忌（冬）	二〇二・二〇三
大暑（夏）	八五

項目	ページ
耕し（春）	九五
短日（冬）	四五
蝶（春）	一二七
長夜（秋）	五七
年詰まる（冬）	一八七
年の酒（冬）	一九五
散る桜（春）	一四
梅雨入（夏）	一三・一〇六
月（秋）	一一〇・一九・一九九
月白（秋）	一九一
月夜茸（秋）	六七
角切（秋）	一八六
角の別れ（秋）	一八六
梅雨（夏）	一三二・一四・一三五・八二・八八・一〇六・一六〇
露（秋）	一九・一二五・一六八・一九一
梅雨鴉（夏）	二二
梅雨潮（夏）	二二
露葎（秋）	一七〇
冬季（冬）	一九三
冬至（冬）	一二八
冬麗（冬）	一四〇
杜国忌（春）	一二九
年移る（冬）	四九・一五一

項目	ページ
年変る（新年）	五〇
年越（冬）	四八
年越蕎麦（冬）	四七
年詰まる（冬）	四〇
年の酒（冬）	四六
年の果（冬）	五三・二〇二
年の山（冬）	九〇
年の闇（冬）	一三九・二〇二
年の夜（冬）	四八・一五一
年果つ（冬）	四二
年深む（冬）	四七
年守る（冬）	一六六
年迎ふ（新年）	四八・一七二
虎ケ雨（夏）	二〇二
鶏合（春）	一九〇
鳥帰る（春）	一三二
鳥兜（秋）	一七〇
酉の市（冬）	一六一
鳥の恋（春）	一三六

な 行

永き日（春）　一八〇
薺打つ（新年）　五五
夏（夏）　八四
夏新し（夏）　一六一
夏送る（夏）　一〇九
夏来る（夏）　一〇五
夏草（夏）　八四
夏潮（夏）　一六
夏立つ（夏）　一〇四・一〇五
夏の空（夏）　一〇八
夏の昼（夏）　八三
夏の夜（夏）　一九七
夏初め（夏）　一五九
夏深し（夏）　一三三・一九八
夏富士（夏）　三〇
海鼠（冬）　九〇
鯰（夏）　一六二
蛞蝓（夏）　一三〇・一四七
虹（夏）　八〇・一四九
ぬくし（春）　四三
寝正月（新年）　一九三
涅槃（春）　一五七
野遊（春）　一五六
能始（新年）　五五
残り蚊（秋）　七〇
後の月（秋）　一一七・一六九・二〇〇
野火（春）　一九五
野分（秋）　一一〇・一六八
野分晴（秋）　一六九

は行

黴雨（夏）　三一・一五九
敗戦忌（秋）　六五
萩（秋）　七五
白秋（秋）　二〇四
白木蓮（春）　二六
走り梅雨（夏）　三一・一八〇
蓮の青枯（秋）　六三
鯊（秋）　七五
鯊釣（秋）　七四・七五
蜂飼ふ（春）　三三・一四五
八月（秋）　一七
初酉（新年）　五〇・二二
初明り（新年）　一五二
初市（新年）　五四
初語（新年）　二三
初山河（新年）　三
初夏（夏）　一四七
初富士（新年）　五一・一五三
初御空（新年）　九一
初昔（新年）　一九三
初湯（新年）　一五四
初夢（新年）　二三・五三・九七・一五四
花（春）　七・二九・一二五・一四三・一九五・一九七
花篝（春）　二八
花散る（春）　二七・一〇三
花疲れ（春）　一五八
花火（夏）　六一・六二・八六・一三一・一八二
花冷（春）　二七
花吹雪（春）　二八・一二六
花祭（春）　一〇二
花筵（春）　一二六
帚木（夏）　五九・六〇
帚草（夏）　六〇
母の日（夏）　一四五

蛤(春) 一四二
鱧(夏) 一六三
針祀る(春) 一一二
春一番(春) 九三
春炬燵(春) 一五五
春寒し(春) 一五五
春立つ(春) 五
春の草(春) 四四
春の潮(春) 一〇三
春の泥(春) 一五七
春の鴿(春) 一五七
春の雹(春) 五
春の雪(春) 一四三・一五六・一七七・一九四
春の夢(春) 一九六
万緑(夏) 一〇・一四六
日雷(夏) 一四八
彼岸潮(春) 一九四
蜩(秋) 一九
火恋し(秋) 八九・一一八
氷衣著る(冬) 一七三
旱雲(夏) 一四八
一葉落つ(秋) 七一・七三
雛祭る(春) 一七七
日短(冬) 四五
ひめ始(新年) 五四・五五
百物語(夏) 八五
冷やか(秋) 四三・七二
冷ゆ(秋) 八九
昼霞(春) 一九四
昼寝覚(夏) 三七・一八三
鰭酒(冬) 九二
風鈴(夏) 五八
深緑(夏) 三〇
ふく(冬) 一八九
藤(春) 三九・一四六
仏生会(春) 一〇二
冬(冬) 二〇二
冬籠(冬) 一九〇・一九一
冬の蠅(冬) 一四〇
冬名月(冬) 二〇三
冬山(冬) 二〇一・二〇三
蛇(夏) 八〇・八一
蛇眠り解く(春) 二四
蛇眠る(冬) 二〇三
朴の花(夏) 一三
星夕(秋) 六四
蛍火(夏) 一一・一二
牡丹(春) 一九六
牡丹雪(冬) 九九
時鳥(夏) 三三・七九・一〇六
ボルヘス忌(夏) 一九六

ま 行

真葛原(秋) 六七
待宵(秋) 六六・一八五
祭(夏) 一二九
繭(夏) 一四四
曼珠沙華(秋) 一一六・一一七
三島忌(冬) 四四・一八八
簾(夏) 一六
水取(春) 一四一
水温む(春) 九三・一〇〇
道をしへ(夏) 一一一
蜜蜂(春) 三三・一四五
身に入む(秋) 一一九

蓑虫(秋) 一七一・一八七
実夕顔(秋) 七六
無月(秋) 一九八
虫(秋) 一八四
虫送り(秋) 一六六
虫出し(春) 一四一
虫の声(秋) 一三四
虫の音(秋) 一一一・一三四
虫の闇(秋) 六六・一八五
名月(秋) 一一〇
芽吹く(春) 二三・一〇一・一九五
餅(冬) 一三九
望月(秋) 一三六
紅葉(秋) 三九・一二二
紅葉散る(冬) 七八
紅葉山(秋) 四〇・一一九
紅葉づ(秋) 三九・二〇一
桃(秋) 一六〇
百千鳥(春) 九・一〇一

や行

八重桜(春) 八
安良居花(春) 一二七
山桜(春) 七
山藤(春) 一〇四・一九六
山鉾(夏) 一五
山笑ふ(春) 六
夕顔(夏) 七六
憂国忌(冬) 四四・一八八
夕立(夏) 一〇七・一四八・一九八
雪(冬) 四・一七三・一七六・一九四・二〇三
雪折(冬) 一二三
雪解(春) 一三三
雪しづく(春) 一三三
養花天(春) 一二五
夜桜(春) 二七
夜長(秋) 八八
夜長人(秋) 七七
夜なべ(秋) 一三六・一三七
読初(新年) 五二・九一
読始(新年) 一九三

ら行

流星(秋) 六五
涼新た(秋) 一九八
良夜(秋) 一八五
炉火(冬) 九八

わ行

若井(新年) 三一
若竹(夏) 一九七
若葉(夏) 一〇
若水(新年) 三一・一五三
若宮御祭(冬) 二〇一
綿虫(冬) 一三〇

無季

著者略歴

高橋睦郎（たかはし・むつを）

一九三七年北九州に生まれ育つ。福岡教育大學國語國文學専攻。卒業後上京して廣く學藝の諸先輩に學ぶ。少年時代から自由詩、短歌、俳句、散文を併行試作、小說、オペラ臺本、新作能、新作狂言、新作淨瑠璃……などを加へつつ、現在に至る。詩集二十六冊、歌集八冊、句集八冊のほか著書多數。晩近は古典文藝・傳統藝能の讀みなほしをつづける。俳句關聯書に句集『舊句帖』『荒童鈔』『金澤百句』『稽古』『花行』『賚』『遊行』『百枕』、評論『私自身のための俳句入門』『自句自解Iベスト100高橋睦郎』。近著に詩集『何處へ』、歌集『待たな終末』、評論『詩心二千年―スサノヲから3・11へ』『和音羅讀―詩人が讀むラテン文學』など。

句集　十年　じゅうねん

初版発行　2016（平成28）年8月25日
2版発行　2017（平成29）年1月25日

著　者　高橋睦郎
発行者　宍戸健司
発　行　一般財団法人 角川文化振興財団
〒102-0071 東京都千代田区富士見1-12-15
電話 03-5215-7819
http://www.kadokawa-zaidan.or.jp/
発　売　株式会社 KADOKAWA
〒102-8177 東京都千代田区富士見2-13-3
電話 0570-002-301（カスタマーサポート・ナビダイヤル）
受付時間　9:00 〜 17:00（土日 祝日 年末年始を除く）
http://www.kadokawa.co.jp/
印刷製本　中央精版印刷株式会社

本書の無断複製（コピー、スキャン、デジタル化等）並びに無断複製物の譲渡及び配信は、著作権法上での例外を除き禁じられています。また、本書を代行業者等の第三者に依頼して複製する行為は、たとえ個人や家庭内での利用であっても一切認められておりません。
落丁・乱丁本はご面倒でも下記KADOKAWA読者係にお送り下さい。
送料は小社負担でお取り替えいたします。古書店で購入したものについてはお取り替えできません。
電話 049-259-1100（9時〜17時／土日、祝日、年末年始を除く）
〒354-0041 埼玉県入間郡三芳町藤久保550-1
©Mutsuo Takahashi 2016 Printed in Japan ISBN978-4-04-876400-1 C0092